THE OTHER SIDE

AROUND THE CORNER

LIBROS CÚPULA

Diseño: www.rudydelafuente.com
Diseño de cubierta: Planeta Arte & Diseño

Primera edición: noviembre de 2017
Segunda impresión: diciembre de 2017
Tercera impresión: enero de 2018
Cuarta impresión: febrero de 2018
Quinta impresión: febrero de 2018

Av. Diagonal, 662-664, 08034 Barcelona (España)
Libros Cúpula es marca registrada por Editorial Planeta, S. A.
Este libro se comercializa bajo el sello Libros Cúpula
www.planetadelibros.com

ISBN: 978-84-480-2379-9
Depósito legal: B. 18.067-2017

Impreso en España – *Printed in Spain*

El papel utilizado para la impresión de este libro es cien por cien libre de cloro y está calificado como papel ecológico.

ESTE

LIBRO

NO

TIENE ÍNDICE

Lo que vas a leer es una especie de diario que recoge todo lo que hemos vivido este año a través de textos y fotografías. La verdad es que no sabíamos cómo empezar este proyecto y creemos que se ve una clara evolución de la primera a la última página ü

Este libro no solo va a ser un gran recuerdo para cuando seamos abuelillas y vivamos en la playa junto con nuestros nietos, sino que también ha sido un ejercicio en el que hemos evolucionado tanto a nivel fotográfico como personal. Hemos querido hacer algo diferente para daros algo más de nosotras a los que ya nos conocéis y a los que no, que podáis conocernos a través de esta faceta nuestra (somos divertidas JEJE o lo intentamos).

Todo el libro está escrito a mano por nosotras con nuestra letra, nuestra jerga, nuestros dibujos y nuestras tonterías varias. Esperamos que os guste tanto como a nosotras ü

PASA PÁGINA YA, CREISY ⇨

HELLO, SEXY PEOPLE! Soy Paula Baena aunque no me suelen llamar por mi nombre completo sino Pau, Paulabaenam, Paulabaenamnamnamnamnam, Pauliti... ¡Esta es mi letra y espero que la entendáis jaja!

¿COSAS SOBRE MÍ? Soy perfeccionista, me gusta la lógica, no podría vivir sin hacer listas, tengo una particular obsesión con los chicos rubios de ojos claros, me encanta soñar despierta, no sobrevivo sin café por las mañanas y la música es mi máxima fuente de inspiración.

Soy más de transmitir pensamientos y emociones a través de imágenes que con palabras y probablemente tarde como una hora en escribir esto xD (real).

Dibujos tipo esto: ♡ ü ☺ sí, son míos y los guays son los de Gio xD ¡Será fácil diferenciarlos a lo largo del libro!

Supongo que lo primero antes de que leas toda esta movida turbia es que nos presentemos. Yo soy Gio, mi nombre completo es Giovanna Bravar pero la gente se lía al escribirlo así que dejémoslo en Gio. Siempre he querido hacer un libro, ¡aunque nunca pensé que realmente lo haría y menos que sería así! Me flipa todo lo relacionado con el arte, sobre todo el cine, la fotografía y la música. Ah bueno, y me gusta mucho dibujar. La gente dice que estoy obsesionada con el azul, tienen razón. ¡Pero es que es el color más bonito del mundo! Soy de pocos amigos pero amigos de verdad, quiero muchísimo a mi familia y tengo la necesidad de crear cosas nuevas día a día. ¡Se me acaba la hoja, espero que me vayas conociendo en el libro!

AMIGOS

(sí, tenemos amigos)

Puesto que hemos recogido las vivencias de todo un año este libro también muestra personas geniales que nos han acompañado a lo largo del camino...

INSTAGRAMS SEXYS:

Dejamos las cuentas de instagram de nuestros amiguis para que puedas cotillear y ver el maravilloso trabajo que hacen ♥

@sr_zeta
@izhan_go
@lptrevijano
@popibrown
@antonlofer
@david.a.photo
@customizarte
@devonart_
@merce.toag

*si no encuentras alguno es que lo ha cambiado ☹ o a lo mejor cuando leas esto ya no existe instagram

Aquí podrás ver algunos de los personajes que forman parte de nuestras aventuras ♥

Sin él este proyecto hubiera sido totalmente diferente... Zetita, como algunos ya saben, es mi fakin alma gemela. Su curiosidad por todas las disciplinas artísticas es insaciable y eso me encanta. Es un amante profesional de las croquetas y un gran fotógrafo. (De hecho gran parte de las fotos del libro, sobre todo si salimos Pau y yo juntas, las ha hecho él). Es súper activo y siempre quiere hacer cosas, aunque luego en seis segundos es capaz de dormirse en CUALQUIER SITIO.

Sólo puedo darle las gracias por haber sido tan generoso con nosotras implicándose al máximo cada vez que le hemos pedido ayuda para el libro. Y por ser mi inspiración día a día.

¡Quiero que este tío sea mi amigo! Fue lo primero que pensé tras descubrir su cuenta de Twitter ¡Quién diría que meses después no solo pasaría a convertirse en un gran amigo, sino también en toda una fuente de inspiración en la fotografía! Hemos formado un equipo muy guay y sigo sin saber cómo agradecer a Zetita todo lo que nos ayuda siempre que lo necesitamos Tendré que regalarle un táper de croquetas tras sacar el libro jeje. Lo que no entiendo es cómo nos soporta tantas horas TODOS LOS DÍAS jaja. En fin que Zeta es el mejor y ¡FAKDEPOLIS!

#ZetitaFotógrafoSexy

Seguramente Izhan sea el amigo más intrépido que tengamos. Tiene una mente creativa alucinante y es capaz de transmitir historias de una forma única. Aunque a veces para grabar planos espectaculares arriesga demasiado su vida... Y LE ECHAMOS LA BRONCA

← Amiga y FAN NÚMERO 1 de su canal ☺

Aquí tenemos a LP, compi de piso, recortadora oficial de mis camisetas y chef de las tortitas más sanas del mundo. Aunque no pertenezca a nuestro canal se ha ganado el puesto de reina BOTCH ☺

#LPTREVIBITCH

#ReinaDeLosSalseos

Imposible no reírte a carcajadas con Antón ☺ es el gritón del grupo y le prohibimos tomar más de un café al día. ¡JAJA!
(Es que incrementa su hiperactividad)
Está muy creisy pero es de las personas más gorgeous que he conocido este año ☺

#AntónElGritón ←

Ana (o popi en instagram) es una de mis grandes amigas de la infancia. Es una de las personas más empáticas y buenas que conozco, aunque tiene mucho carácter. Tiene un humor especial y un poco bestia JAJAJA por eso me encanta ✡ Y obviamente es LA P*TA AMA DE LA VIDA.

↑ Lo corroboro ☺

María y David (yo les llamo los custos) son de esas personas que de repente aparecen y te llenan de energía positiva. ¿Cómo lo hacen? No lo sé, es algo que llevan dentro. Yo he aprendido mucho de ellos y creo que hacen un dúo AMEISIN ♡

Solo sé que a David le he prometido que algún día me lo llevaré metido en la maleta cuando me vaya de viaje y que queda pendiente un hueco en el estudio de María para que me tatúe JEJEJE (ojalá un botch en la frente) :)

Los creisis de Jordi y Mercè son pura inspiración. La verdad es que su complicidad a la hora de hacer fotos es increíble... y lo mejor es que además son gente sencilla con un corazón enorme ← es un poco cursi pero real 100%

Devon y Mercè fueron en su momento todo un descubrimiento en Instagram y ahora son pura inspiración para mí

No les conozco en persona pero queda pendiente el ir a Barcelona a hacer fotitos y a cafetearlo

DICCIONARIO

En este libro leerás algunas palabras un tanto extrañas. No te preocupes, aquí te explicamos la mayoría

BOTCH: Esta palabra es utilizada para llamarnos entre nosotras, a nuestros seguidores sexys y a nuestros amigos a veces. Tiene sus orígenes en un vídeo en el que empezamos a llamarnos "bitch", de ahí un día Paula en vez de "Leroy Merlín" dijo "Leroy Merlón" (porque se equivocó al hablar) y es entonces cuando cambiamos "bitch" por "botch" y bueno pues ahí se ha quedado. No tiene mucho sentido :D

FAK DE POLIS - FAC DE POLIS - F*CK THE POLICE:

Expresión que utilizamos constantemente (es casi enfermizo) como quien dice "¡joder!" o... "¡qué fuerte!". Puede ser utilizada tanto para algo emocionante como para algo muy salseante (tranquilidad, ahora os explicamos qué es salseante).

SQUAD: Básicamente nuestro grupo de amigos sexy. Se compone por: Izhan, Zeta, Pau y Gio. Esa es la squad original que se estableció en un viaje de los 4 a Jávea, pero a veces se incluyen momentáneamente otros miembros.

MEGALAIK: "Mega like" pero mal escrito (aposta, evidentemente) :)

JAY ALVARREZ: El futuro marido de Paulabaenam (aunque él todavía no lo sabe). También es un conocido instagramer y filmmaker que hace surf, recorre el mundo, se tira en paracaídas y siempre está rodeado de gente excesivamente guapa.

FAKIN: "Fucking" pero mal escrito D:

SALSEO: Esta palabra se usa mucho en la jerga youtuber para referirse a los cotilleos.

AIUDA: Es como ayuda pero con "i". Parece una tontería pero cambiar esa pequeña letra hace que la palabra tenga mucha más intensidad al decirla.

AZ: Vale, si has usado SMS deberías saber qué es esto. Pero para los que no hayáis vivido esta época lo explico: Antes los SMS iban por caracteres (como Twitter) por lo tanto había que acortar las palabras para que cupiese todo en un sólo mensaje. Por eso en vez de decir "adiós" escribíamos "AZ". Es grasioso porque es grasioso :D

TURBIO: El origen del uso de esta palabra es incierto. Se podría decir que en ocasiones lo usamos como sinónimo de: extraño, sospechoso, malévolo o impuro.

MÁS REAL QUE MI COLEGIO: Un@ suscriptor@ puso en un comentario tras confirmarse la relación de Zeta y Gio: "Zetanna es más real que mi colegio". Nos hizo tanta gracia que lo hemos adoptado como expresión propia hasta el día de hoy para decir que algo es verídico 100%.

OUH MAI FAKIN PIPOL: "Oh my fucking people" pero mal escrito |:. Y hay que añadir que realmente su origen está en The Prodigy. Cada vez que les hemos visto en directo dicen "ALL MY FUCKING PEOPLE HERE, NANANA FUCKING, FUCKING... PEOPLE!".

PAULABAENAM: Llamar a Paula Baena por su usuario de Twitter.

CREISI-CRAISY: "Crazy" pero mal escrito, usado frecuentemente para decir "estás to loko" pero sustituyendo loco por creisi.

SEXY: Tenemos un problema con esta palabra y es que la utilizamos para TODO. Ya está, todo es sexy en nuestra cabeza.

WAT DE FAK: "What the fuck" pero mal escrito :)

PTA AMA: "Puta ama" pero suprimiendo la "u" para que no parezca una palabrota JEJE.

SHIPPEOS

(unir el nombre de dos personas que se aman en este universo o uno paralelo)

ZETA + GIOVANNA = ZETANNA 120%

JAY + PAULA = JAYAULA 76%

PAULA + GIOVANNA = PAUVANNA 94%

PAULA + JUSTIN = PAUSTIN 68%

PAULA + LEO DICAPRIO = PAUCAPRIO 99%

ZETA + GIO + PAULA = ZETANNAULA

100% REAL

(MÁS REAL QUE MI COLEGIO)

OT
Vale, no se parece tanto a Zeta como creía...

OÑO
un donut :D
(ojalá)
Tengo que seguir buscando planos de Nolan

21 de SEPTIEMBRE 2016

Joooo hoy ha sido el cumple de Pau y no veo mejor forma de empezar este libro. Creo que ha sido un día muy especial para ella y la verdad es que me alegro muchísimo porque se merece toda la felicidad del mundo. Y no lo digo porque sea mi amiga y la fakin ama ¿EH? En serio, ella es demasiado buena con los demás y no siempre la han tratado como se merece.

POR ESO SU CUMPLE TENÍA QUE SER ÉPICO.

yo Izhan Zetita FAIL TOTAL
intentando hacernos una foto para Paula jaja

Nos ha invitado a varios amigos de YouTube a casa de sus padres a pasar la tarde-noche en su piscina ☺. Creo que los regalitos que le hemos dado la squad le han encantado (sobre todo la Polaroid azul que llevaba tiempo deseando). Lo más top de la reunión/fiesta ha sido claramente la piñata unicornio. Nada hubiera sido igual sin ella. Pobre Francis cuando Paula se ha vendado los ojos para dar a la piñata casi le da un escobazo.

La verdad es que me siento feliz de que haya pasado un 25 cumpleaños genial, rodeada de personas que la queremos y apreciamos por lo que es. Y además haciendo el plan que a ella más ilusión le hacía.

25 de SEPTIEMBRE
2016

He vuelto de visitar a mi padre en Miami y de repente...

¡PAM! Mudanza Time 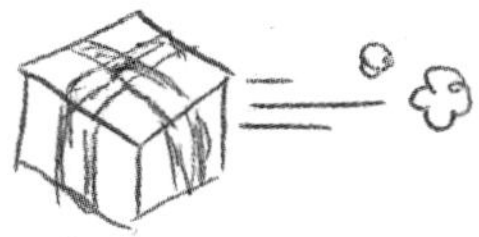

La verdad es que Zetita y yo no nos lo hemos pensado mucho y hemos decidido irnos a vivir juntos a Madrid (él es de Aranjuez). Y buah chaval vaya paliza nos hemos metido, sobre todo él. Esto de irse a vivir solo es un follón, con lo bien que estaba yo con mi madre XD. Creo que me va a costar un tiempo adaptarme a todo esto la verdad. Vivir con una persona nueva, sin mi familia, con un perrito (Francis), en una mini casa... No sé muy bien cómo voy a llevar el tema del espacio porque estoy acostumbrada a una casa muy grande y sobre todo a pasar mucho tiempo sola en mi cuarto. Y ahora voy a vivir en una casa en la que prácticamente todo el espacio es común. Pero bueno, estoy feliz de iniciar esta nueva etapa. Creo que se avecinan cambios y jopé irme a vivir con Zeta en realidad es una decisión bastante heavy. Aunque espero que Paula esté todo el día con nosotros JE JE.

si es que guapo hasta en dibujo ♡
Nueva Familia
FRÁGIL
#Zetanna es REAL
en realidad la casa no tiene chimenea pero es lo típico

cuando vas a Ikea
y te llevas hasta
el carro

Se piensa que
está fuerte
pero no
jejejejejeje

Me compro
hasta el
cartel
amarillo

Esta tía es
MI AMIGA
JODER

AIUDA
me tiene
esclavizada
montando muebles
en su casa

¡mentira!

ojalá Ikea
regalándonos
cosas

lo mejor ir
a Ikea para hacer
instagram stories con
música clásica

IKEA

01 de OCTUBRE
2016

Empieza a notarse el otoño, pero jodido.
Octubre es de esos meses de transición que remueven un poco tu mente. Ahora estamos las dos botches con Zeta en Ibiza viviendo algo que muchas personas desearían y sí, somos muy conscientes de esa gran suerte que tenemos. Pero a la vez es extraño sentir que no pertenecemos a esto del todo... Nosotras sólo queremos hacer buenas fotos y disfrutar de la experiencia. Y la mayoría de gente viene aquí al fiestón padre y a beberse hasta el agua de los manantiales. Me hace gracia pensar que nuestro trabajo se ve desde fuera como algo fácil y divertido, realmente divertido lo es muchas veces pero fácil para <u>NADA</u>. Nos gusta hacer las cosas con dedicación por lo que invertimos mucho más tiempo del que la gente se piensa en crear, sobre todo tiempo mental. Y no mola que esto no se aprecie y se tome a cachondeo.

#FacDePolis

#BotchesGenteSeria

#LasPróximasNolan

#A2

Hoy ha sido un día GENIAL (aunque en el avión he pasado algo de miedo jejeJEJEjaJE), Ibiza tiene una magia especial... ESTOY FLIPANDO porque los aviones pasan SÚPER CERCA de la tierra al aterrizar y me da la sensación todo el rato que se van a estampar contra el hotel (cuando digo todo el rato es TODO EL RATO). Soy muy pesada.

Me hace gracia porque Gio y yo somos unas abuelas que preferimos irnos a dormir pronto y aprovechar las mañanas a salir de fiesta.

PERO UN APUNTE SÚPER MEGA IMPORTANTE

*ESTAMOS EN UN HOTEL

SÚPER TURBIO.

Es jodidamente surrealista. En la mesilla hay un kit sexual. UN KIT SEXUAL, con instrucciones de uso y todo y enfrente de la cama unas 7 botellas enormes de alcohol y una botella de oxígeno "por si te pasas bebiendo" WTF.

04 de OCTUBRE
2016

La maldita serie de "The get down" me ha pegado fuerte (La recomiendo encarecidamente, está en Netflix). Es increíble conocer un poco los comienzos del Hip Hop, me he quedado flipando de lo difícil que era pinchar en esa época. Ahí con los dos platos y encontrando el momento exacto... En serio, fascinante. Me imagino a Paula y a mí haciéndolo, ¡obviamente sería un completo desastre! Pero sería gracioso. Algún día, quién sabe, "DJ botches". → suena FATAL jajaja

Os dejo aquí una mini lista de canciones que me han inspirado tras ver la serie:

"Boogie Wonderland - Earth, Wind & Fire"

"Le Freak - CHIC" ← ¡Un clásico!

"Stayin' Alive - Bee Gees"

"Don't stop 'til you get enough - Michael Jackson"

LARGA VIDA A LA MÚSICA DISCO

CONION

14 de OCTUBRE
2016

¡F*CK THE POLICE ME INDEPENDIZO!

Llevo exactamente catorce días de mudanza. Sí. Catorce. Esto está siendo agotador e interminable y solo hay cajas y más cajas por toda la casa xD pero sin duda lo mejor de todo ha sido ir a por el sofá a Ikea y luego darnos cuenta de que no cabía en el ascensor de nuestra casa (sí, nuestra porque me he mudado con LP) total, que suena de coña pero entre Zeta, Antón y el portero (y las sexys indicaciones de Gio) subieron 19 PISOS por las escaleras con el sofá cargando.

¡19 PISOS. LES AMO!

* Aunque la mudanza esté siendo agotadora me siento muy feliz e ilusionada de empezar esta nueva etapa.

* Por cierto, el sofá está en perfectas condiciones y lo que no sé es quién lo va a bajar cuando dejemos el piso. Esa responsabilidad es para la Paula del futuro.

FRAGIL

27 de OCTUBRE
2016

¡HOY TOCA PELU!

¡Todavía no tengo asimilado que me voy a hacer un cambio de look! Llevo toda la vida con el mismo pelo y NECESITABA renovarme.

PROCEDIMIENTO

- 947 papeles de plata en la cabeza hasta formar una pirámide humana.
- Esperar 256 horas.
- Matizar.
- Ir por segunda vez a la peluquería.
- 948 papeles de plata más para un nuevo récord de pirámide humana.
- Esperar 6 años.
- Matizar.

*Para entender esto bien tenéis que ver el vídeo en YouTube

Y ESTE ES EL RESULTADO...

31 de OCTUBRE
2016

¡Llega Halloween!

A ver, seamos sinceros, no es una noche que me haga especial ilusión. Las cosas relacionadas con muerte y terror no las soporto. Ni las entiendo. No entiendo a la gente que le gusta sentir la adrenalina que provoca el miedo, para mí es pasarlo mal y punto. La cosa es que, al menos nosotros, lo disfrutaremos disfrazados en una fiesta con gente turbia.

Este año me toca ir de "Harley Quinn". Lo sé, todo el mundo va a ir disfrazada de ella, pero a mí me hacía ilusión comprarme un bate de béisbol.

La verdad es que la fiesta nos va a venir bien para desconectar un poco... Últimamente nuestro ritmo de trabajo es demasiado, a veces pienso que mi cerebro va a petar.

FELIZ HALLOWEEN

Recomendación obligatoria: "Pesadilla antes de Navidad"

8 de NOVIEMBRE
2016

Vale, relax, ¡NOS HAN INVITADO A LOS MTV EMA!
Hemos pasado 24 horas en Rotterdam muy bien aprovechadas. El espectáculo y la fiesta geniales, yo soy feliz por haber visto a The Weeknd en directo y Pau no se podía creer que estuviese escuchando a Green Day. Y después para flipar ver a Afrojack pinchando en la fiesta de después a 4 metros de nosotras. Sin palabras, ¡muy TOP!
Sólo nos ha faltado ver a Justin (jajaja Paula se moría por verlo. A mí la verdad es que me daba un poco igual). Hubiera sido muy gracioso grabar algún snapchat con él. Peeeeero no ha podido ser. En otra ocasión. #PAUSTIN tiene que ser real ♥

Disfrutar de toda esa música en directo ha sido brutal, ¿pero qué ha sido todavía más brutal? LA CAMA EN LA QUE HEMOS DORMIDO. En serio, enorme. Nivel experto. No llegábamos a tocarnos.

La he apuntado como requisito fundamental para mi nueva casa. Sin excusas.
NECESITO ESA CAMA

04:00 am y estoy arriba con mis pedazo ojeras pero TODO ME DA IGUAL THIS IS SO FAKIN AWESOME!

¡¡¡NOS VAMOS A LOS MTV EMA!!!

Esto es un sueño para mí de verdad, os prometo que jamás pensé que podría vivir esto y estoy tan agradecida con la vida y con el momento que estamos viviendo que quiero abrazar a todo el mundo

¡Todo va rapidísimo y me explota el cerebro de todo lo que quiero contaros! Hemos estado en la alfombra roja viendo a muchos de los artistas pasar y NOS HEMOS HECHO UN SELFIE CON EL HIJO DE WILL SMITH JAJAJA. el pto amo

Anne-Marie – Alarm [Live from MTV EMAs 2016]

¡Por favor, tenéis que ver ese vídeo! Ahí es donde estuvimos y ME FLIPÓ esta chica que no le conocía y es brutal el baile que se marcaron los 4 chicos trajeados que iban tras ella y buahhhahahahahdhsj ahora no puedo parar de escuchar esa canción.

↳ Cosas random que me molaron:

- The Weeknd en directo.
- Green Day (oun mai fakin pipol).
- Afrojack a unos metros pinchando en la fiesta privada de después.

↳ Cosas random que no me molaron:

- No fue mi marido Justin Bieber (estaba nominado).
- Me entró un dolor de muelas brutal que solucionó un enfermero sexy dándome un ibuprofeno :D

#PaustinAlgúnDíaSeráReal

#SinoMeQuedoConElEnfermero

Lo resumo todo así porque no me quiero enrollar como las persianas, porque sí, soy de esas que no paran de hablar jeje.

THE FUTURE IS NOW

Wist je dat
Onze melk

20-30 de NOVIEMBRE
2016

Sí, estamos Zeta, Pau y yo en Miami. Esto está siendo increíble, no podríamos estar mejor: Comiendo todo el día, descansando, haciendo fotos... Esto SÍ que son vacaciones. Además hemos tenido mucha suerte con el tiempo porque no hay humedad excesiva y el calor no es agobiante. Me encanta poder compartir esto con Pau y con Zeta. Para mí es un poco extraño porque estoy acostumbrada a estar aquí con mi familia. Pero que estemos aquí los tres es demasiado genial.
Están saliendo unos fotones BRUTALES.
Hemos hecho algunas en la zona de los moteles de la US1, dentro de poco van a ir quitándolos y es una pena porque tienen un rollazo que flipas.
También nos estamos dando unos buenos paseos por Wynwood, un barrio dedicado al arte, bastante nuevo, que está lleno de grafitis. Mola porque los van renovando cada poco. Además Izhan, que también está por aquí, está en un apartamento por esa zona y es genial porque aunque tiene que trabajar nos hemos podido tomar algo con él ☺

PULL

ILL BIRD MARIN

¡Ah bueno y casi se me olvida decir que nos ha tocado celebrar el famoso Thanksgiving! No hace falta explicar por qué después de esa cena no hemos comido en un día.

En fin, creo que nunca voy a olvidar este viaje, sobre todo por la compañía. Poder disfrutar de mi familia y mis amigos (novio + sexy botch) es lo mejor del mundo.

¡VIVAN LOS MANGLARES!

♫ Yo tengo un manglar ♫

♪ Te doy un manglar ♪

♫ Quiero un MANGLAR ♫

Bromas idiotas de snapchat

GREAT THEATRE
LIVES HERE
COLONYMB.ORG

De verdad que no sé por donde empezar... Este viaje está siendo mágico. Es increíble el poder desconectar por primera vez en meses, sin preocupaciones, sin agobios, sin prisas...
Estamos en Miami en casa del padre de Gio y ¡ojalá quedarme aquí por siempre! Esto es un fakin paraíso... La paz que me hace sentir esta casa es indescriptible...
Para que os hagáis una idea, el propio jardín da a un canal y puedes ver los barcos pasar enfrente tuyo :D
¡Jo no quiero enrollarme pero es que tengo tantas cosas que contar!

↳ Empezando por el padre de Gio que no puede ser más majo con nosotros (Lauro, si lees esto me hacían feliz los zumos recién exprimidos que preparabas cada mañana y el día que nos hiciste tortitas ajabfhebsjs QUÉ RICAS ESTABAN).

Luego los atardeceres en Miami... ¡de verdad que no son ni medio normales! Los mejores sin ninguna duda que he visto en mi vida, el cielo parece infinito, ¡es que no sé ni describirlo! Es maravilloso ♡

Estoy en plan ñoña total jajaja BASTA. Por cierto, no paro de repetirle esta frase a Zeta → ¡DIOS ES TODO COMO EL GTA!

Si habéis jugado a ese juego de verdad que flipáis jajaja

#REAL

OPEN
MONDA
FRIDAY
9:00
5:00

Todos los rincones molan demasiado para hacer fotos, los moteles, los restaurantes, las calles... ¡TODO!

↳ De nuevo toca el cosas molonas random para no escribir 5 páginas XD

- Dimos de beber agua dulce a una manada de manatíes desde el jardín de casa.

- Fuimos a un parque natural INCREÍBLE en donde vimos iguanas enormes, peces con un color azul maravilloso, mariposas preciosas (pero que no me toquen jeje) y no puedo olvidarme del ciempiés GIGANTE que vimos en una rama (yo quería huir).

- Esto solo lo entenderá Zetanna pero brutal el ataque de risa que nos entró en aquel bar con la mujer que sonreía y bailaba como un teletubi. ¡Qué será de ella! Parecía muy maja jajaja.

Tenemos que repetir este viaje. Ha sido una renovación total de energías.

#ZetannaulaPorElMundo

#ManglaresEverywhere

SUSHI
VOL
COM
1991
Bikers

MOTEL
South
Pacific
OFFICE
SUITES

EMERGENCY EXIT

BUS SERVICE

04 de DICIEMBRE
2016

Dios, es muy HEAVY el frío que hace en Madrid. En serio, debería estar prohibido salir de casa en unos meses. Además el maldito viento congelado hace que se me meta el pelo en la boca todo el rato y me congela las orejas. Lo odio ☺
Es que me enfada, me amarga el día. Lo sé. Soy una exagerada, ¿pero qué queréis? Necesito quejarme de algo jaja. Definitivamente mi sueño de irme a vivir a Noruega o a Islandia no acaba de encajar con mi poca compatibilidad con el frío.

En estos días sólo me apetece ver un montón de pelis calentita debajo de una MEGAMANTA y mientras comer todo lo que haya por casa. Hasta una silla si hace falta.

WINTER IS COMING

* ojalá empezase ya Juego de Tronos ♡

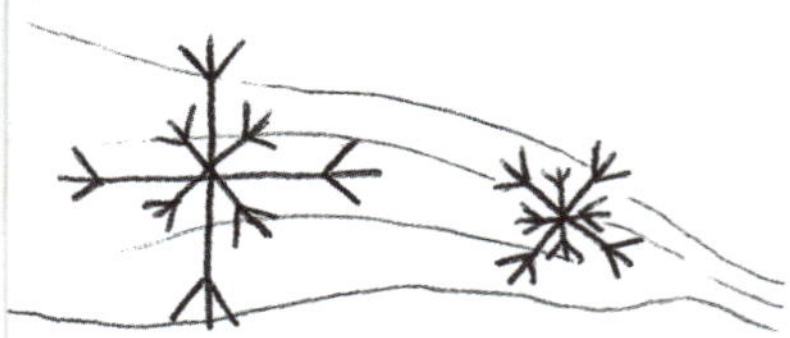

Y de un día para otro, pasamos de estar con shorts y tops en Miami a estar con sudaderas gigantes y pantalones largos en Madrid

Y ME ENCANTA.

Es el primer invierno en esta casa (evidentemente Paula) y me flipa que como es un piso tan alto nos despertamos muchas veces con las ventanas totalmente blancas de la niebla que hay fuera ¡y parece Silent Hill! Aunque LP, mi compi de piso, lo odia jajaja. Ella viviría todo el año con 40° y tan feliz XD

Pero para mí EL MEJOR PLAN EVER es:

↳ No quitarse el pijama en todo el día y estar en el sofá viendo series o pelis debajo de una manta muy suave y gigante, comer mientras mucho chocolate (importante) y si a eso le sumamos el sonido de la lluvia chocando contra la ventana pues ♥♥♥

AH BUENO Y CON COMPAÑÍA

OUH MY GOD Y LOS BAÑOS HIRVIENDO CON LAS BOMBAS DE BAÑO DE LUSH

#elinviernoeslomásmejordelmundoyyaestá
#quierounpurécalentito
#unpurécalentitoparaPaulaplease

AIUDA
INVI

ERNO
Un poco de Leonardo DiCaprio no viene mal

26 de **DICIEMBRE**
2016

Para todas aquellas personas que estéis pasando un mal momento, esta página va dedicada a vosotros ♡

Todo puede cambiar de un día para otro, de un año para otro... somos el resultado de lo que pensamos y arquitectos de nuestro propio destino. Tengo que confesaros que yo el año pasado estaba completamente rota por dentro, no le encontraba el sentido a nada, pero miradme ahora, decidí ponerle solución y pedir ayuda a una persona maravillosa que me sacó del pozo en donde estaba metida y me hizo ver la vida con otro color.

Me siento feliz y nunca me he sentido tan viva... He dejado de malgastar mi tiempo y mi energía en lo negativo y puedo decir que, sin ninguna duda, este ha sido el mejor año de mi vida ü de verdad que no han podido suceder más cosas positivas.

↳ He conocido a gente maravillosa.

↳ He dado el paso de dejar mi anterior trabajo para dedicarme a YouTube.

↳ Me he independizado.

↳ ¡HE SUPERADO MI FOBIA A VOLAR!

La vida es un aprendizaje constante. La vida es maravillosa.

S O N R Í E :D

31 de DICIEMBRE 2016

Vale, este es el primer año que he pasado nochevieja sin mi familia. Ese momento de ver a mi hermano partiéndose de la risa y atragantándose con las 12 uvas en la boca no ha sucedido. Y sí, ha sido raro. Pero bueno he hecho algo diferente. Hemos pillado una casa a las afueras de Madrid unos cuantos coleguis de YouTube y ha sido muy guay compartirlo con ellos. Básicamente cenamos y vimos las campanadas juntos con un montón de cotillón que trajo la sexy de LP. Molaba porque éramos un grupo variopinto y pudimos hablar sobre cosas con puntos de vista muy diferentes. Nos tomamos nuestras cervecitas, copitas y mi sidra (jeje) y básicamente nos pasamos hasta tarde jugando a un juego de mesa y haciendo el idiota como siempre. Y luego A DORMIR. Si es que yo ya estoy mayor para eso de salir en nochevieja. Prefiero disfrutar de un grupo reducido de gente hablando y riendo que ir a una macro fiesta llena de gente sudando. Sí, sudando. Porque odio que gente desconocida sudada me toque. Bueno en realidad odio que gente desconocida me toque en general, pero si es sudada más 

* Dato curioso: Stone durmió en el pasillo y era gracioso hacerle instagram stories forever alone XD y alguien misterioso vomitó espaguetis. TODO OK.

¡Primer fin de año de mi vida que paso con amigos y no en familia! ¡Ah no, miento! Acabo de tener colapso mental JAJAJA. Acabo de recordar que el año pasado me adoptó la familia de Gio en nochevieja a cenar y a tomar las uvas porque la mía no estaba en Madrid JAJA papá, mamá, Borja... ¡ME ABANDONASTEEEEEIS!

Vale, va, venga. Empiezo de nuevo. ¡Segundo año de mi vida que paso el fin de año sin mi familia! Madre mía qué rápido pasan los años de verdad que yo no sé si me estoy haciendo mayor o qué pero se me pasan volando xD

Existen dos clases de personas en nochevieja:

↳ Los que se pegan la fiesta padre en una discoteca pagando unos 70€ de entrada con barra libre ahí on fire.

↳ Los que no entienden a los que se quieren pegar la fiesta padre en una discoteca que probablemente supere el aforo máximo, pagar más del triple que cualquier otro día para que no puedas prácticamente ni moverte y tardes un siglo en pedirte una copa :D

Creo que queda bastante claro qué tipo de persona soy JAJA.

Alquilar una casa chuli + Amigos + Comida + Juegos de mesa + Bebida

↳ ¡importante! la botch hizo una cena muy rica :D

PLAN PERFECTO

SIP

¡YO NO HE SIDO!
¡NI YO!
CHICOS, ¿ESO SON ESPAGUETIS VOMITADOS?
WAT!?
PAULA A DORMIR
Humanos... Sólo yo sé quién ha sido.
A LA MAÑANA SIGUIENTE...

11 de ENERO
2017

ESTOY SÚPER EMOCIONADA Y NERVIOSA. Creo que hace mucho que no siento tantos nervios como hoy. Zetita le ha organizado una sorpresa a Gio y estoy ATACADA DE LOS NERVIOS. Su cumple fue ayer pero yo estaba en Barcelona y no pude pasar el día con ella y creo que está un poco triste porque parece que hemos estado pasando del tema PERO NO JEJE no se espera NADA.

Hoy ha tocado comprar lo último:

→ Vasos azules sexys

→ Chuches azules sexys

→ Bolitas de chocolate azules sexys

* Por si no ha quedado claro durante el libro, Gio tiene una obsesión que roza lo enfermizo con el color azul XD

TODO ESTÁ PLANEADO

Le he dicho de quedar a las 17:00 pero F*CK THE POLICE no se encuentra bien y no quiere salir de la cama JAJAJA os juro que en la vida le he puesto tantas excusas a alguien para sacarle de casa.

SOCORRO

EL MEGA PLAN

- [ ] Sacar a Gio de casa
- [ ] Nos vamos a tomar algo
- [ ] La squad prepara todo mientras
- [ ] A la que volvemos y abre la puerta...

¡SORPRESA!

Por fin tenemos confirmación y a las 17:30 la paso a buscar. LOS NERVIOS SON REALES BOTCHES. Nos hemos ido al Vips a merendar y estoy todo el rato pendiente del WhatsApp para ver qué me dice Zetita. No puedo parar de reírme por dentro porque Gio me cuenta que está súper triste porque siente que a Zeta le ha dado igual su cumple y le ve súper raro JAJAJA CLARO ES QUE NO SABE QUÉ HAY DETRÁS XD

Dos horas y media más tarde por fin me dicen estos que ya puedo subir y...

CHANCHANCHAAAAAAN

creo que no he visto a Gio tan shockeada en mi vida.

19 de ENERO
2017

Hoy he vuelto a soñar con aviones. No entiendo muy bien qué significa pero no paro de soñar que se estrellan desde distintos puntos de vista y de verdad que lo siento todo taaan tan real que cuando me despierto me cuesta tomar consciencia de que todo lo que ha pasado no era de verdad.
Después de haber superado mi fobia a volar no comprendo por qué tengo estos sueños tan repetitivos.
Es curioso porque en algunos simplemente estoy observando tranquilamente como un avión pasa al lado mío y se estrella contra una casa y en otros estoy dentro de él. WTF.
Y no solamente eso sino que también últimamente sueño con situaciones cotidianas y normales con mis amigos que luego no soy consciente que no han pasado de verdad y comento tan tranquila con ellos...
Sus caras luego de PERO PAULA QUÉ DICES ESO NO HA SUCEDIDO NUNCA son todo un poema.
En serio. BASTA. ¿Qué me pasa en la cabeza que no diferencio los sueños de la realidad?

ORIGEN :D

Soy la mujer perfecta para Leonardo DiCaprio.
#Paucaprio #Leonaula

Si no habéis visto Origen es una peli que trata sobre los sueños y el subconsciente Y ES BRUTAL ☺ (y mi marido hace un PAPELÓN)

Me hace ilu dejaros por aquí mis pelis favoritas QUE TENÉIS QUE VER JEJE ↓

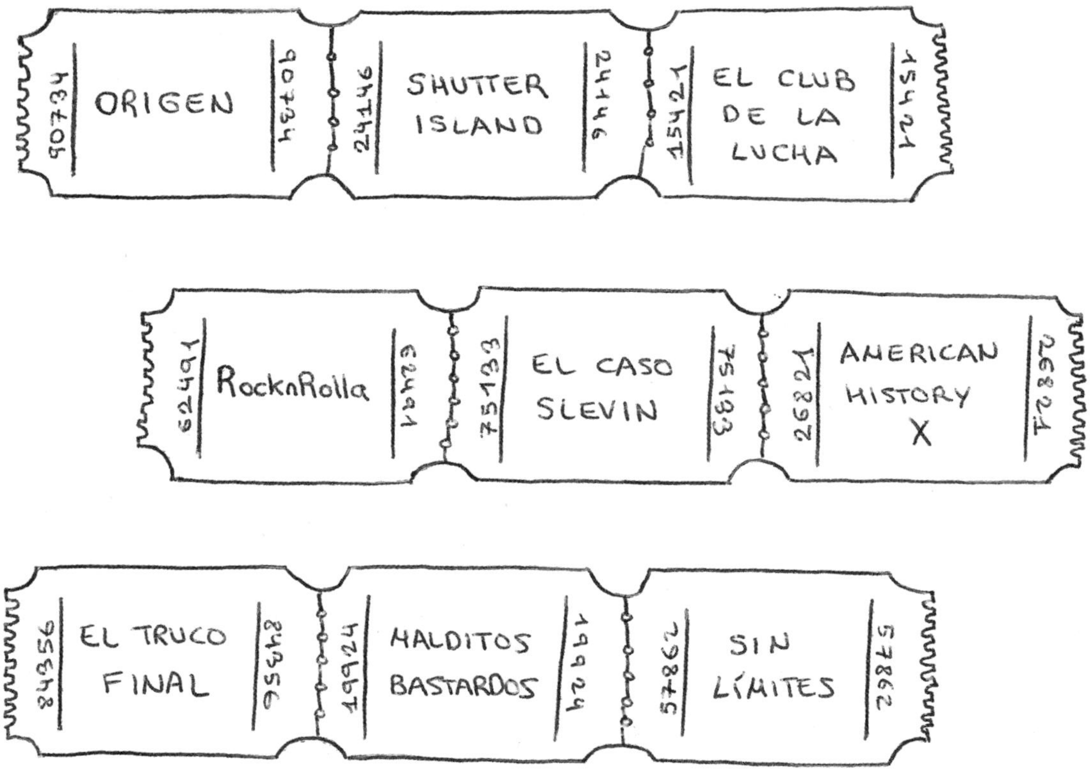

9 de FEBRERO
2017

HA SIDO EL CUMPLE DE ZETI

¡Ay dioh mío! :D Llevaba TANTO tiempo esperando este día. Quería que fuese un día súper especial para él ♡

No quería que pasara el típico cumple así que intenté pensar un mega plan original y que le molase. Así que tras investigar, sitios, restaurantes, actividades, medir distancias, calcular tiempos y hacer llamadas conseguí cuadrar todo y salió bastante bien. Hubo un único percance muy gracioso y fue que básicamente casi nos quedamos sin tarta. La cosa es que mientras yo seguía mi plan secreto con Zeta, Pau tenía que ir a nuestra casa (por cierto, creo que no lo he dicho pero nos hemos vuelto a mudar XD) y coger la tarta porque era una sorpresa todo. El problema era que no tenía llaves y yo amablemente di sus datos y se los dejé al portero de por la mañana diciendo que autorizaba a mi amiga a ir a mi casa. La cosa es que al portero de por la tarde no debió de llegarle bien la información y no se fiaba de que las intenciones de Paula fueran buenas. Empezó a hacerle un interrogatorio y entonces sucedió algo surrealista...

*FRANCIS P*TO AMO

¡ASÍ que al final hubo tarta! XD La verdad es que creo que a Zetita le ha hecho mucha ilusión y se lo ha pasado muy bien. He ido grabando un poco todo para que pueda recordarlo siempre. Su cara de sorpresa al ver a tantos amigos al final de la jornada no tenía precio :) estaban Pau, LP, Izhan, Inés, Antón, los custos, Curri y Road to. ¡Un cumple genial para el mejor! Aquí dejo el planning de ese día →

LISTA OFICIAL (secreta) CUMPLE ♥

- 9:30 desayuno en la cama
- 11:00 masaje facial SPA
- 14:00 comida en el 80 grados
- 17:30 ¡REGALO! Polaroid antigua :)
- 19:00 Escape Room → salir de la pirámide
- 21:00 Cena y patines con amigos

por cierto, evidentemente patinando me he caído y ahora me duele la nalga izquierda

FRIENDS
AND

THE FUTURE IS NOW!

17 de FEBRERO
2017

Estamos en Londres las botches de viaje súper express por un evento y DIOH MÍO TENGO A ALEXIS REN A DOS METROS.

* Para quien no le conozcáis es la ex de Jay Alvarrez, el amor de mi vida y futuro marido.

Este evento está siendo demasiado guay, tenemos hasta nuestro propio chófer que nos lleva y nos trae a todos lados aunque es un poco pesadito el pobre XD o sea es que no para de hablarnos de que si su hija no sé qué, de que si su sobrina es cantante y participó en Britain's got talent... ¡pero todo esto sin preguntarle nada! Yo lo siento por el señor pero me tuve que hacer la dormida para estar un ratito en silencio (y Gio también, que no mienta) pero aún así os prometo que me partía de risa porque a la mínima que te pillaba abriendo un ojo se ponía de nuevo ON FIRE a contarte su vida XD

DESCUBRIMIENTO VITAL DE ESTE VIAJE → ROSHELLE

Le vimos cantar en directo durante el evento y ♥

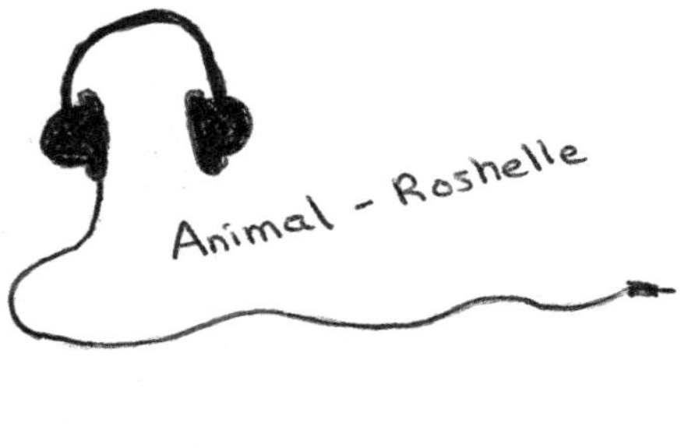

¡POR FIN UN VIAJE BOTCHEANTE! Resulta que L'Oreal nos ha invitado a Londres a probar sus nuevos productos para el pelo (diferentes tintes de colores fantasía) y la verdad es que el viaje ha rentado mazo, ha sido una breve pero intensa estancia en Londres. La botch y yo necesitábamos ya unos días las dos juntas de medio desconectar, por eso aprovechamos para quedarnos un día más en la ciudad y explorar sitios para pasear, hacer fotos, tomar café... Hemos tenido mazo suerte porque nos ha hecho un tiempo flipante. En serio, nada de frío ni lluvia (que como bien sabréis es muy propio de la localidad inglesa). Ese mini día de vacaciones quedamos por la noche con mi hermana y su novio en un sitio genial lleno de luces y puestos diferentes para comer, y después se unió un fotógrafo español que conocimos a través de instagram a tomar unas cerves. Es curioso conocer a gente virtual en persona. ☺

La verdad es que se ha hecho corto pero ha sido un viaje muy entretenido. Lo que hemos hablado es que tenemos que volver a Londres SÍ O SÍ. (Tienen Top Shop y Urban Outfitters, ahí me han ganado)

Paula quiere coger un vuelo de ida y vuelta en el mismo día sólo para poder ir a la sección de Ivy Park (la marca de Beyoncé) de Top Shop. ESTÁ LOCA.

¡Por cierto! Conocimos a una italiana que hacía música con un rollazo que flipas ESCUCHADLA → Roshelle ✩

#JAYAULA

+ real que mi
colegio

MAGIC

PARK

PARK

RIBS
RN-FED
USDA
BLACK ANGUS
BRISKET

09 de MARZO
2017

Zetita y yo nos hemos ido de mini viaje a Barcelona ♡ El motivo principal: TATUARNOS. Nos hemos alojado en un Airbnb de un tal Peter. Un estudio cerca de Sants bastante mono, aunque no tenía persianas y Zeta entró en colapso porque con luz no puede dormir. Al día siguiente fuimos en tren a Cambrils al estudio de Torete, el chico que iba a tatuarnos a los dos. Nos pasamos todo el día con él, la verdad es que es un tío muy divertido y un personaje, ¡jaja! Me ha flipado la dedicación y el tiempo que ha dedicado a cada tatuaje. Se nota que es una persona apasionada de su trabajo. Y eso me gusta. Yo le pedí que me hiciera los dos cascos de Daft Punk a su estilo y es que ha hecho un diseño que me flipa. Este es un tatuaje que llevo queriendo mucho tiempo, pero no encontraba la persona idónea para hacérmelo. Para mí llevar tatuado al dúo francés significa mucho. Toda mi pasión por la música, la forma de apreciar ese arte, empezó a través de ellos dos. Sus creaciones son tan únicas y me transmiten tantas sensaciones que quería hacerles un homenaje en mi piel ♫

→ zetita sexy ♥

→ Toretito tatuándole el lobo ★

Mis canciones

favoritas de Daft Punk ♡

Something about us

Human after all

Television rules the nation

Contact

One more time

Aerodynamic

12 de MARZO
2017

No sé muy bien cómo expresar la sensación que tienes cuando conoces a alguien con el que conectas de forma artística. A mí la verdad es que rara vez me pasa, pero cuando admiro a alguien por lo que es capaz de crear y tengo la oportunidad de conocerle en persona la emoción que siento es muy extraña. El poder compartir pensamientos e ideas sobre fotografía es algo que me fascina. Y por eso haber conocido a Jordi (devonart) y a Mercè (su novia★) ha sido algo muy enriquecedor para mi mente creativa. Hemos pasado un día ENTERO haciendo fotos y conociéndonos. Y ha sido uno de esos días en los que estás disfrutando tanto que no sientes ni cansancio porque estás tan sumamente metido en lo que estás haciendo que nada puede distraerte.

Conocer a gente así, tan buena, generosa e interesante es algo que realmente aprecio, porque como bien he dicho no ocurre a diario. Ojalá vengan pronto a Madrid para que podamos hacer una sesión de fotos muy currada con ellos. Bueno y con la sexy de mi amiga PAULABAENAMNAMNAMNAMNAMNAMNAMNAMNAM.

★ ★ ★ ★ ★ ★ ★ ★ ★ ★ ★

¡¿GIO, TE FALTA MUCHO?!
!
PRIM

AVERA
¡UN RATITO!

7 de ABRIL
2017

Hoy AL FIN se ha cumplido algo que llevaba mucho, MUCHO, MUCHÍSIMO tiempo esperando...

¡ME HE HECHO EL CAMBIO DE LOOK!

Desde que me teñí las puntas del pelo de azul, hace ya año y medio, no paraba de pensar en lo guay que sería tener todo el pelo azul. Mi idea inicial era mezclarlo con grises para que así el color perdiera intensidad y quedase un azul plateado chongo, pero al final hemos optado por el 100% azul. Rocío ha sido una peluquera de 10, se nota que le gusta mucho lo que hace y eso mola. Hemos estado en total 8 horas y media. En serio. Muerte cerebral. Pero el resultado ha sido tan bonito que ha valido la pena la tediosa espera.

Obviamente cuando he publicado en redes el resultado la gente se ha vuelto creisi. A algunos les ha flipado y otros lo han odiado, un poco como le pasa a Woody Allen, ¡haha! Me parecen curiosos los comentarios de: "Hala que guay, pero yo no me atrevería a hacérmelo". Me hace gracia porque para mí sólo es pelo y para otras personas es como si fuera un cambio permanente o algo así. A mi abuela y a mi madre no les ha gustado mucho pero a mi padrastro sí JEJE ♡ En fin, estoy muy contenta. ¡Y en nada nos vamos a California!

Gio Khaleesi

El mejor día de mi vida ver a Gio así JAJAJA

Por favor que nadie me deje ponerme rubia. Por el bien de la humanidad ☺

ROCÍO ☺

Este era el color que en principio quería

Mi amiga es demasiado SEXY :D

(Foto tomada meses después)

11-25 de ABRIL
2017

Las botches en

CALIFORNIA

15 días, 2 maletas gigantes, una peliazul y una peliblanca por California. Podría ser hasta el título de una película ¡jaja! Tuvimos un mal comienzo (muy mala suerte los primeros días) peeeeero un mal comienzo de lo que luego se convirtió en un viaje surrealista y GENIAL :D

1 # Carlos

¡HEMOS HECHO UN AMIGO! Esta historia es épica. Conocimos a Carlos porque le oímos hablar en español en San Diego y enseguida le preguntamos unas dudas que teníamos (ya que estábamos un poco perdidas por ahí) y nos cayó tan bien que acabamos comiendo juntos pero al marcharnos no nos dio su móvil y luego fue como FAKDEPOLIS ¡queremos quedar con Carlos!
Total, que tres días más tarde ¡el destino nos unió en una misma discoteca a la que fuimos! Fue un reencuentro épico, en serio, no sabéis los ataques de risa de esa noche con nuestros bailes ridículos y diciéndoles a los americanos que en España era bailarina profesional. "I'm a professional dancer!!!"

2 #Jayaula

Vosotros sabéis y yo sé que algún día Jayaula será real y cuando estuvimos en Los Ángeles os juro (100% real y si no que os lo diga Gio) que me daban mini infartitos cada vez que veía el mismo modelo del coche de Jay por si era él.
Lo peor de todo es que viendo sus Instagram stories coincidíamos en zonas y yo ¡ES EL DESTINO, ES EL DESTINOOOO! ¡NOS LO VAMOS A ENCONTRAR! Pero eso no ocurrió.
Y casi lloro. Y casi llora Gio. Y casi llora Carlos.

> Lo confirmo 100%. y además a mí me daba sustos porque no sabía que pasaba y de repente gritaba.

3 #Spiderbotch

¡No puedo no escribir sobre Spiderbotch! Os pongo en situación, cuando llegamos al airbnb de L.A. me di cuenta que justo encima de nuestra cama (era un techo muy alto) había una SÚPER ARAÑA (bueno a lo mejor exagero, pero de esas que tienen las patas muy largas y finas) Y CLARO CASI ME DA UN INFARTO porque era imposible llegar al techo para echarla. El caso es que Gio me dijo: "¡¡¡Vamos a llamarla spiderbotch y verás que en los días que estemos aquí no se va a mover y se va a comer a los mosquitos!!!"

→ Pues tenía razón la botch. Ni se movió y acabé dándole las buenas noches y los buenos días durante la semana :D

4 #Warner Bros

Vale atención porque si a la única persona que medio pensaba que podría encontrarme era a Jay Alvarrez imaginaos mi cara cuando llegamos a los estudios de Warner Bros y me dice el chico del tour que a lo mejor nos podríamos cruzar con Christopher Nolan. INFARTO. ¡Casi me da algo! Pero no nos lo encontramos. Y casi lloro. Y casi llora Gio. Y casi llora Carlos (aunque no estuviera jeje).

No os quiero aburrir así que puedo resumir este viaje en:

S U R R E A L I S T A

Furgo MEGA GUAY que nos encontramos por las calles de Los Ángeles.

Nos hicimos unas 347.084 fotos con ella :D

heart
mind

XJA 508

NOT

CALVINKLEIN
CALVINKLEIN

Welcome to California

¡Nos hemos ido 2 semanas a California! Dios, hacía TANTO que la botch y yo necesitábamos este viaje. Pero TANTO, un viaje de las dos solas y sexys.

La verdad es que el viaje ha sido surrealista la mayoría del tiempo, pero ha hecho que tengamos anécdotas chungas que contar XD Para mí ha sido un viaje muy especial en el que hemos podido compartir muchas experiencias distintas. Nos hemos reído mazo, a pesar de algunos malos momentos. No sé cómo nos hemos aguantado tanto tiempo lo juro. Es que entramos en nuestro bucle y no hay quien nos pare XD Uno de nuestros sueños como amigas era ir juntas a Los Ángeles así que me siento afortunada y agradecida de poder haberlo cumplido. Ya lo podemos tachar de nuestra lista de "cosas que hacer antes de morir". Me ha flipado este viaje porque hemos podido hacer un montón de fotos chulas (las primeras con mi pelo azul) y hemos grabado un vídeo muy guay con nuestras tonterías del viaje y planos bonitos. En fin, ¡sueño cumplido y pilas recargadas para trabajar en nuevas ideas!

YOUR

LO PEOR DEL VIAJE:
- La duración de los vuelos y la escala. A la ida 6 horas de escala para ir de L.A. a S.D.
- Lo caro que es TODO. Sobre todo la comida decente. Tampoco es que nos guste el caviar, pero no nos mola el "fast food".
- Estado "friendly" permanente de los californianos. Está guay que la gente sea maja, pero es que TODOS los días nos pararon desconocidos por la calle o en restaurantes. Somos muy antisociales así que → NOT COOL.
- El tráfico infinito de L.A.
- No vimos a Jay Alvarret y a Paula se le rompió el corazón.
COSAS MOLONAS:
- Los fakin Ángeles es una ciudad alucinante. Hay fotones en cada esquina.
- ¡Hicimos un amigo!
↳ CARLOS
- El Airbnb que pillamos en L.A. era suuuuper bonito. Y nuestra anfitriona, una profesora de piano que vivía con su gato Bobby, era la mujer más adorable del mundo.
- ¡Fuimos a ver un partido de hockey!
- Comimos unas patatas fritas con trufa y parmesano en Venice que ALUCINAS.
- No fue Daft Punk al Coachella así que no lloré por no tener entradas :)
- LAS TORTITAS.
- Los atardeceres...
MILAN
L.A.

Ojalá comer tortitas todos los días, con sirope de arce y platanito... ME MUERO♡

¿El plato también se come? :)

¡Las mejores tortitas DEL MUNDO!

PACIFIC PARK

AAAAAAAAA AAAAAAAAA AAAAAA

Deeeeemasido guay ¡ES IGUAL QUE EN LAS SERIES Y LAS PELIS!

¡CUIDAO LOKA QUE TE CAES! D:

No hay lugar en el mundo para las almas tristes.
MA

YO
MORIR PARA RENACER
personas mágicas

MAYO
(así en general)

Digamos que no ha sido un mes del todo bueno...
A veces el cerebro te puede jugar malas pasadas
si pierdes el control de tus pensamientos. Pero
al fin y al cabo sólo son pruebas que pone el
destino para que nuestra alma siga evolucionando
y aprendiendo. O al menos eso creo yo. A lo
mejor es que simplemente tengo la necesidad de
buscarle un sentido final definitivo a todo...
Hemos ido a Barcelona a una súper boda.
Antes de eso Zeta y yo pasamos unos días
con David y María (los customizartes) y
Devon y Mercè nos llevaron a unas piscinas
abandonadas para hacer fotillos... y el resultado
está aquí, me parecen FOTONES (muchos).
Nada mejor que rodearte de gente buena e
inspiradora para renovar la mente ☆

P.D.: Pau llegó ese día y por eso no vino (durmió
mazo poco por quedarse editando, para variar).

2016

makes

04 de JUNIO
2017

¡OU MAI FAKIN PIPOL nos han invitado al Primavera Sound!
La verdad es que ha estado muy guay, mola que nos hayan invitado porque es un festival más indie al que sino no habríamos ido. Paulabaenam casi se desmaya con "The XX" y a mí se me han vuelto a poner los pelos de punta con "Bon Iver"... Hace unos años fui a un concierto suyo en Madrid y me han vuelto a enamorar. Es como si su música fuera en 3D, no sé cómo explicarlo aquí jaja pero es como que crean espacio al tocar en directo.
La verdad es que lo que más me ha gustado ha sido el ambiente. Desde luego no es el típico festival al que yo había ido. Aquí había gente de toda Europa y todas las edades (hasta vi un bebé en su carro con unos cascos puestos para que no le hiciera daño el sonido, MÁS MONO ♡). Y al ser de música más alternativa molaba porque se notaba que la mayoría de gente iba a escuchar y sentir la música, no sólo a emborracharse y estar de fiesta. Yo sentí que más gente apreciaba realmente lo que estaba escuchando :)
Y ya como top de los TOPS nuestro hotel estaba en la maldita entrada del festival, un punto muy clave.

P.D.: Muy top nuestro cóctel del hotel
antes de entrar al festival
y el maldito PAD THAI ♥

NEXT STOP: BBK live → Justice ME MUERO A2

De vuelta en el AVE Barcelona - Madrid ❤
Comienza la etapa de los festivales y sin duda para mí es lo mejor de los veranos. Este finde ha tocado Primavera Sound y es indescriptible lo que algunos artistas te hacen sentir con sus canciones...

Me encanta la música. AMO LA MÚSICA. Pero muy pocos me transmiten una emoción o me meten en esa historia que están contando o me hacen sentir cada palabra que están diciendo. Entre esos pocos están Kurt Cobain (al que jamás podré ver, tristemente) y The XX que estuvieron en el Primavera. Os juro que no me creía que les fuera a ver en directo y es que JO - DER. Les amo, les fakin amo.

Es maravilloso lo que un festival te hace sentir... Música en directo, compartirlo con tus amigos... ¡Con miles de personas!

Si tenéis un huequillo, poneos unos buenos cascos (por favor no los típicos auriculares como los que me acaban de dar en el AVE) y escuchad

Infinity - The XX

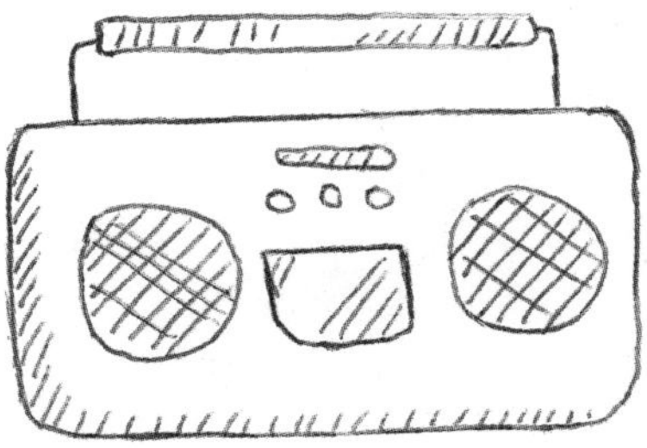

Give it up...
I can't give it up...

CUTE
BUT
PSYCHO

VER
Que llegue ya el invierno POR FAVOR

PAU MIRA UNA ESTRELLA DE MAR
ANO

22 de JUNIO
2017

No todo es tan bonito como parece y como mostramos en redes sociales jeje. Trabajamos mucho y el estrés forma parte de nuestras vidas aunque mucha gente no vea esa cara.
Hemos estado un día y medio en Cerdeña pero ha sido un viaje muy intenso y agotador a la par que muy gratificante :D y es que hemos ido únicamente a grabar un vídeo y no de vacaciones por una campaña.

¿Y SI ROMPIÉRAMOS CON TODO?

Si lo veis parece que hemos pasado más días ahí por los cambios de ropa, localizaciones... ¡Pero no! Fue grabado en día y medio e íbamos de un lugar a otro en coche con la ropa para cambiarnos en el maletero y a toda prisa ¡pero mereció la pena!

JAJAJA me acabo de acordar que cuando grabamos los planos bajo el agua metimos todo el equipo (nuestras cámaras etc.) en una mochila acuática y la até a una roca apartada de la gente para que no nos robasen XD ya que estábamos en una cala y el coche estaba aparcado muy lejos.
Por cierto, las fotos que hicimos fueron SÚPER EXPRESS volviendo al aeropuerto a contrarreloj y de coña ya que vimos un campo de fútbol que parecía súper guay desde fuera y corriendo pedimos permiso para entrar y nos dejaron :D

Somos almas.
Almas vagantes que se encuentran en espacio y tiempo sin razón alguna. O por demasiadas razones.

Nacer, morir, renacer.

En otro cuerpo quizás, pero con un alma que no olvida.
No olvida para aprender.
O puede que ya aprendiera y ahora no le queda más que la pura contemplación.
Contemplación desde la sabiduría del recuerdo.
Casi divina, eterna, omnipresente...
Tal vez y sólo tal vez seamos almas en continuo movimiento pasando por una transformación cíclica que nunca acaba.
Porque si se rompiese ese ciclo que no conoce tiempo se pararía el motor que nos da la vida.

Vale, creo que este va a ser el momento más intenso-filosófico de este libro 😂 Me suelo guardar este tipo de textos para mí, pero tenía que escribir sobre nuestro viaje a Cerdeña y me ha salido esto. Resulta que en Cerdeña vimos un pájaro que extrañamente quiso subirse a mi mano y permaneció junto a mí mirándome unos cuantos minutos. Falto de ese miedo instintivo y agobio, parecía un ser con pensamientos lógicos. Mi sensación fue que dentro de ese cuerpo de pájaro residía una mente humana... Lo juro, la sensación fue muy extraña (nunca antes la había tenido) y hubo algún tipo de conexión con él. Y de esa sensación salió este texto.

#GioFilosófica

#GioSócrates

30 de JUNIO
2017

Actualización de la vida :D

Estamos pasando una ola de calor muy heavy en Madrid y estamos hasta arriba de trabajo... La mezcla es un poco explosiva porque de verdad CÓMO ME APLATANA EL CALOR, no es ni medio normal lo poco eficiente que soy con estas temperaturas.

Peeeero por eso la mega sexy botch tuvo la idea de irnos a Jávea unos días con Zetita pero no de vacaciones sino para trabajar on fire y estar hiper-concentrados ahí editando y grabando y la verdad que tenemos que repetirlo ̈ ̮

Eso sí, me da rabia porque me olvidé de hacer una foto instantánea de cómo estaba el maletero del coche, es que en serio ¡FLIPARTAIS JAJA! llevábamos dos iMacs de 27 pulgadas, tres maletas medianas, portátiles, trípode, cámaras, comida para que Gio sea feliz y Francisquito a mi lado en el coche.

Voy a ver si convezo a la botch para que haga un dibujo del maletero :D

¡BIEEEEEEN LA CONVENCÍ!

⟶

* Lo digo ya. No sé dibujar coches ni caballos :D

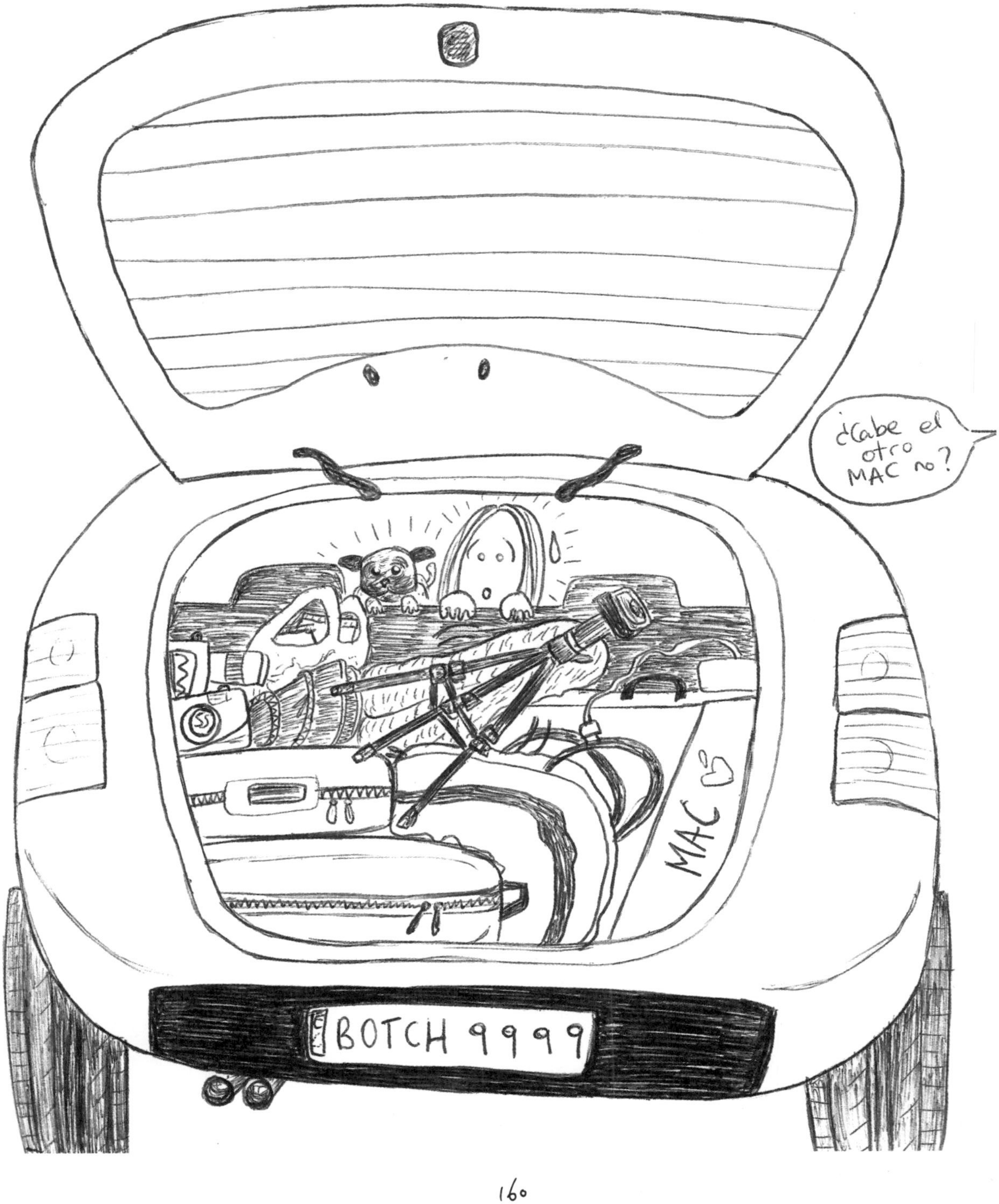

Calvin Klein
Calvin Klein

6-7-8 de JULIO
2017

Estoy en el avión con Zetita rumbo a Madrid y sólo puedo decir WOW. El Bilbao BBK Live ha sido uno de los festivales que más he disfrutado con diferencia (y eso que hemos currado como cabrones → 2 fotos por día.
→ 1 vídeo para Zeta.
→ 1 vídeo para nosotras.

Lo que más me ha impactado ha sido ver a Justice en directo. Sigo al dúo desde hace tantos años que todavía no me creo que les haya escuchado en vivo. Los malditos visuales combinados y coordinados perfectamente con su música hacían que sintieras algo muy heavy, de verdad. Habían montado un espectáculo de luces simple/minimalista en cuanto al diseño pero muy complejo de coordinar. (Si tienes curiosidad por ver lo que digo seguramente buscando "Justice BBK live 2017" en google salga algo). Y después de estos pedazo de artistas nada más y nada menos que Die Antwoord que me han dejado anonadada (es una música especial, si no los conoces te recomiendo que pruebes a escucharles). Es que son un fakin espectáculo. Increíble. Yo al menos no he visto nada igual en todos los conciertos que he presenciado.

Me ha molado mucho la experiencia también porque ha habido muy buen rollo entre los amigos que estábamos y quieras que no es algo fundamental que puede hacer que te vayas con un recuerdo de 10. La verdad es que el tiempo no ha acompañado nada, pero bueno hemos visto el pedazo concierto de "Two Door Cinema Club" bajo la lluvia la cual se veía preciosa cuando las luces del escenario se alzaban al cielo. Eso sí, hemos acabado CALADOS. Estoy deseando volver el año que viene a ver qué artistas nos esperan. Sin duda uno de mis festivales preferidos :)

P.D.: Nunca olvidaré la leche que se metió Zeta al resbalarse por el barro. Cayó como un plomo y además se tiró una copa encima JAJAJA (no se hizo daño eh, pero acabó más sucio que una cabra del monte).

Nacho e Izhan portadores de mi amiga Ana (la pta ama)

DIEANTWOORD
TWO DOOR CINEMA CLUB
Bilbao BBK Live
By Kutxabank
6 • 7 • 8 JULIO 2017
JUSTICE
PHOENIX

CREPS

Road to BILBAO

Este finde ha tocado BBK y ahshdhejab ¡HEMOS VISTO A JUSTICE Y A DIE ANTWOORD EN DIRECTO! Increíbles los dos aunque me quedé con ganas de que tocasen Helix pero bueno jeje.

En serio este festival para mí es de los mejores en España:

↳ No hace calor

↳ Buena música

↳ Ambiente súper guay

Y es que ¡qué bien sienta en verano ponerse de nuevo pantalón largo y sudadera! Y qué bien sienta la squad unida de nuevo :D (aunque repartidos todos en distintos hoteles xD)

Cuando lea esto Gio probablemente me odie durante 5 minutos pero

→ La uña negra de su mano izquierda se la pinté yo :D

→ #ZetitaFotógrafo SEXY

Durante el concierto de Die Antwoord la sexy se resbaló con el barro y ¡al suelo directa que fue! JAAJAJA ¡Gio te amo! ¡Tus caídas son épicas siempre!

→ Mi amiga la fakin ama

← Yo gritando lo sexy que es mi amiga

JAAAJAJAJAJA ¡por lo visto Zeta también se resbaló y yo me lo perdí! LA SIGUIENTE soy yo. ¡NO POR FAVOR, KARMA!

Las fotos del BBK están en blanco y negro porque me equivoqué de carrete jeje (rubiez máxima)

¡AHORA CAMBIO EL CARRETEEEEEEE!

PUMA

FIB

13 - 17 de JULIO
2017

Vale, NO ENTIENDO NADA. Mi cuerpo no tolera la humedad como mis amigos ¿o qué? ¡No paro de sudar y de tener sofocos! ¡WATDEFAK IS GOING OOOOOOON!

Estamos en el Festival Internacional de Benicàssim, último día de conciertos y ¡adivinad quiénes se han quedado en el apartamento viendo vídeos y cenando!

Llevamos tres días de festival y hace taaanto calor y hay taaaanta gente ¡que hemos preferido pasar la última noche así!

#Viejóvenes :D

(Antón también se quedó aunque no salga en la foto)

Pero bueno, no todo es malo y ha sido un sueño cumplido el escuchar Ghosts N Stuff de Deadmau5 en directo y es que ¡ni sé explicar la sensación que recorrió mi cuerpo! Lloré de la emoción y salté como una auténtica LOCA y es que me daba igual todo en ese momento. Amo esa canción y me recuerda un montón a mi hermano :D

También el directo de The Weeknd fue INCREÍBLE pero no tocó mi canción favorita (False Alarm) y cuando acabó yo pensando... Que no. No ha acabado. La va a tocar ahora. Pero no la tocó.

NO ENTIENDO.
y lloré,
bueno no lloré,
pero casi.

Pooooor cierto súper mega descubrimiento durante el FIB ⟶ Bonobo ⟵ Tenéis que escucharlo

F.I.B.

Vale, ¿qué es mejor empezar por lo bueno o por lo malo? Creo que por lo malo, así después al terminar parece que lo positivo pesa más. Allá voy:

Este es el tercer año consecutivo que he ido al FIB (Festival Internacional de Benicàssim) y sin duda alguna ha sido el peor de todos. Para empezar hacía un calor sofocante todo el rato, con los días apaciguó un poco pero MADRE MÍA es que te desmayabas por la calle. Además este año ha estado especialmente mal organizado. Había que andar demasiado para llegar al festival dando unas vueltas absurdas y la mayoría de indicaciones, tanto fuera como dentro, eran confusas o erróneas. Y a todo esto se le ha sumado que el 90% (por decir un porcentaje, que me encanta inventar) de las personas del festival eran guiris borrachos y/o drogados. Además muchos iban sin camisetas y tal era el sudor de su cuerpo que les brillaba la barriga. La gente no paraba de empujar mientras estábamos viendo los conciertos, algunos arrojaban vasos u otras cosas (a Zeta le cayó algo que llevaba ketchup en toda la cabeza). En fin, muy irrespetuosa la peña. También vi mucha gente dormida en el fakin suelo, os juro que no lo entiendo. En serio, con la maldita cara pegada al asfalto. Asfalto que había sido pisado y repisado por miles de personas, en el que se había caído comida, copas y basura y en el que algunos incluso habían hecho pis. Asqueroso. Y dicho esto...

+

HE VISTO EN DIRECTO A THE WEEKND

Otro sueño cumplido... Una voz increíble que me emocionó con cada canción. El concierto empezó con "Starboy" y terminó con "I feel it coming" (luego hubo una extra pero no cuenta) igual que el disco "Starboy", por si la persona que estás leyendo no sabes mucho de este disco estas dos canciones son las que ha hecho en colaboración con Daft Punk, es decir, los p*tos amos de la vida.

También vimos a Bonobo, muy top. Tenemos entradas para verles este otoño en Madrid así que genial porque tengo muchísimas ganas de verlo con calma. Y como no Deadmau5 que me hizo volver a mi adolescencia por un momento y por el que Paula casi se desmaya ¡JAJAJA! Me pareció curioso porque ya le vi en el ULTRA de 2009 o 2010 y mi sentimiento fue tan diferente al escucharlo...

Supongo que revivir una primera vez es casi imposible. Pinchó "Harder, Better, Faster, Stronger" de Daft Punk y si ya le tenía en mi CORASÓN en ese momento le amé todavía más. También escuchamos un rato a Mura Masa, Red Hot chili peppers (como pudimos porque eso era la maldita guerra) y poco más la verdad. Fuimos a lo que fuimos, además teníamos que currar. Creo que el año que viene pasaremos del FIB...

A NO SER QUE VAYA DAFT PUNK y entonses me suisido 😀

Otra opción es ir dentro de una bola protectora con aire acondicionado y comida.

BE YOU

E YOU

el chico de esta furgoneta fue súper amable y nos dejó hacer unas fotos. Tengo que convencer a Zeta para que en un futuro tengamos una así pero en azul JEJEJE.

Qué mono Zetita ♡♡♡

Me encanta esta foto ♡♡♡

Y así fue como Paula Baena se rompió la pierna :)

Esta tía es mi amiga :)

20 de JULIO
2017

Escuchar.

La importancia de escuchar a las personas no tiene demasiada atención a veces. Tus mayores pueden enseñarte tanto diciendo tan poco... Sólo tienes que ser receptivo y una vez más: ESCUCHAR. Recuerdos que te transportan a lugares donde no has estado, a épocas que no has vivido... Opiniones que te hacen cambiar o reafirmar lo que piensas. Sentimientos de otras personas que te hacen entender, empatizar, querer ayudar.

Esto es como un árbol marchito. Poco a poco sus hojas se llenan de grietas, pierden color, algunas caen para formar parte del suelo. El árbol sigue viviendo por fuera pero has de aceptar que por dentro se está apagando. Porque sólo queda eso; asimilar. Unos tienen que irse para que otros vengan... ASÍ funciona el ciclo de la vida. Siempre tiene que haber un equilibrio. <u>Todo no se puede.</u>

ENTIENDE DE DÓNDE VIENES PARA SABER QUIÉN ERES

28 - 30 de JULIO
2017

Viaje express de nuevo. DESTINO → MÁLAGA

Estoy ya en el AVE de vuelta a Madrid y se respira tranquilidad en este vagón. Ayer vivimos un día demasiado especial con muchos de los que probablemente estéis leyendo esto ahora y quiero que sepáis que sois increíbles :)

Para los que no entendáis nada de lo que estoy diciendo ¡ayer fuimos a un festival en Málaga para veros a muchos de vosotros!

Fue demasiado TOP pero empecemos por lo malo y es que al llegar nos dijeron que iba a ser imposible salir de la zona VIP a la zona normal porque erais muchísimos y no había suficiente seguridad para evitar aglomeraciones y jooo no pudimos compartir tanto la experiencia con vosotros como pensábamos que iba a ser... :(

¡PERO QUEDÉMOS NO

↑ ¿hola? #DISLEXIA jajajaja

¡PERO QUEDÉMONOS CON LO BUENO! ← (repito)

Aun así os vimos a muchos de vosotros y es brutal recibir tanto amor, tanto cariño, tanta gente valorando tu trabajo... Y aunque ahora llevemos una vida un poco estresante se ve recompensado en estos momentos tan guays junto a vosotros ♡

¡OS ADORO BOTCHES!

→ Bruuuutal esta pancarta que nos hicieron unas sexy botches

#MegaLaikAlAzaçatoSexy
↓
(solo Gio entenderá esto jeje)

¿CÓMO ES POSIBLE DAR TANTO AMOR?

Hoy hemos pasado todo el día en el "Coca-Cola Music Experience" en Málaga. Hemos venido a trabajar con ellos, pero ha sido mucho más que eso. Al haber avisado por redes sociales de que íbamos a estar por ahí esperábamos que viniese gente a vernos pero, ¿TANTA? Increíble. A veces no entiendo como tantas personitas pueden apreciar nuestro trabajo y sentir alegría al ver uno de nuestros vídeos. Que podamos inspirar a alguien a través de las fotos... Que alguien que nos vea pueda replantearse cosas por un vídeo que les haga pensar...

No sé si tú queridx lectorx eres unx de los botches, pero si es así sólo quiero darte las gracias por todo el amor que nos dais día a día a través de la pantalla y en persona a los que tenemos la ocasión de conocer.

Hemos subido a un escenario, primera vez en nuestra fakin life, y casi se nos sale el corazón del pecho. Veros a todos sonriendo y animando aquello, realmente una sensación muy bonita y extraña a la vez. Ver entre la multitud una pancarta de "WHO'S THE BITCH" y otra azul con mazo cosas de Around The Corner y Zeta ha sido precioso. Los abrazos, los regalitos, las fotos, las cartas, TODO.

Sois lo puto mejor y lo digo de corazón. Creo que todos los que estuvisteis allí fuisteis capaces de transmitirnos vuestra energía al completo y eso ha sido increíble. Me siento muy agradecida en este momento.

P.D.: Como anécdota que no puede caer en el olvido mi querida amiga Paula Baena se quemó las piernas y llevaba medias de rejilla. Resultado: Un tatuaje TOH FLAMA para este verano

* Si queréis verlo está en el vídeo que hicimos para nuesto canal: "SOIS LOS MEJORES DEL MUNDO"

Típica cosa que sólo le pasa a Paula Baena

pero la amo igual JAJA

FREE • MINDS
Coca-Cola

Coca-Cola

Es curioso que Zeta y yo tenemos la misma sonrisa y Paula y Antón también ☺

↳ Dios es verdad JAJAJAJAJAJA

UNA EXPERIENCIA
LLENA DE ENERGÍA

¡LAIK SI
QUERÉIS
UN
PAUVANNA
FESTIVAL!

↑ ¡lo veo!

HOLA ME LLAMO ANTONIO

(Cartel de nuestro futuro festival)
AROUND THE FESTIVAL
LA SQUAD
Z.I.P.G.
Zeta, Izhan, Pau, Gio
JAY
PAULA I LOVE YOU
tirándose en paracaídas
Christopher Nolan
Encargado del aftermovie
MÚSICA
DAFT PUNK
+ DJ FRANCIS
DJ PAUVANNA
DIE ANTWOORD
BREAKBOT / 20 SYL

Coca-Cola

1-10 de AGOSTO
2017

CHINA

Vale, acabo de caer en la cuenta de que esta ha sido la primera vez que he estado en el continente asiático. Así que RETO DESBLOQUEADO ☑

Nos han dado la oportunidad de pasar 10 días en China a la squad (Pau, Zeti, Izhan y yo) junto con otras personas del mundo de la música, el cine y la televisión. Al principio íbamos los cuatro un poco reacios a conocer gente nueva, cualquiera que nos conozca sabe que como grupo somos un poco cerrados a la hora de hacer amigos. Pero tras pasar estos 10 días con mis compañeros de viaje sólo puedo pensar en GRACIAS. De verdad, doy gracias de poder tener la oportunidad de viajar tan bien acompañada. Cada uno de ellos me ha aportado algo ya sea una forma nueva de pensar, unas buenas risas o más visiones a nivel artístico. Creo que todos teníamos algo diferente que mostrar a los demás y que nos hacía únicos e interesantes. Hemos pasado muuuuchos momentos divertidos, porque evidentemente un viaje sin humor es un poco coñazo.

En cuanto a la cultura China ha sido un gran choque. Se nota que están creciendo económicamente súper rápido, pero todavía hay que dar tiempo a la sociedad para que se adapte a esos cambios. La comida ha estado bastante buena y es muy diferente a la de los restaurantes chinos que hay en España. He probado verduras que sinceramente no sé todavía qué eran pero tenían sabores curiosos y bastante ricos. Nos han hospedado en unos hoteles QUE SE TE VA DE LAS MANOS. El que más me gustó fue sin dudo uno que estaba en una villa en medio de la naturaleza. Cada uno de nosotros tenía una casita y en cada baño había una bañera preciosa que daba a la jodida montaña, así de risas. Fue un viaje un poco cansado porque casi todas las noches dormíamos en hoteles de ciudades distintas. Nos movimos por la provincia de Hunan mediante aviones, trenes y buses (a la vuelta de Hunan a Shanghai casi perdemos el vuelo de Madrid porque se canceló el de China por el mal tiempo, pero finalmente conseguimos un tren y todo salió bien) ☺

#nosquedamosenChinaavivir

Si tuviera que quedarme con uno de los lugares que hemos visitado me quedaría sin duda con las montañas de Zhangjiajie (donde se rodó "Avatar"). Os juro que es un lugar casi irreal... Con esas rocas gigantes saliendo de la nada, no sé, algo increíble. He de decir que ahí fue donde me resbalé en una escalera mojada y me partí la espalda  y además casi rompo la cámara porque la llevaba en la mano... Menos mal que sólo se partió el filtro. La verdad es que esto me jorobó bastante porque sobre todo los primeros días tenía mucho dolor. Ángela, un amor de persona, estuvo súper pendiente de que estuviera bien y me dio un spray para calmar el dolor de la espalda ♡ VALE y tras esto hemos sacado la teoría de mis golpes. Creemos que existe una relación directa entre las acciones intrépidas de Izhan y las leches que me doy porque siempre que estamos los cuatro juntos Izhan se juega la vida para grabar un plano de Nolan y acto seguido 

me doy un súper golpe. Así que Izhan, basta ya por favor.

PUMA.EVO

珍珠批发产地直销
天然珍珠
Natural pearl
批发
单行道
裱画配框

店

China

06:07 de la mañana.
¡Buenos días, jet lag!
Me despierto ya en Madrid con una sensación de felicidad y melancolía a la vez, no hay nada como dormir en casa y en tu cama pero este viaje a China me ha renovado por dentro :)

Os pongo en situación, nos ha invitado el turismo de China y el turismo de Hunan a la squad a pasar 10 días en Shanghai y Hunan junto con otros artistas (músicos y actores) y lo que pensábamos que iba a ser un grupo en el cual no íbamos a encajar mucho se convirtió en todo lo contrario y ¡ahora les echo de menos!

¡Es alucinante como estando 10 días las 24 horas con personas que no conoces de nada pueden dar para coger tanta confianza en tan poco tiempo!

Algo que me llamó muchísimo la atención de China es que no paraban de hacernos fotos por la calle porque no están acostumbrados a ver occidentales y era muy peculiar eso XD

Ahora lo que no entiendo es cómo los chinos son capaces de soportar el calor y la humedad que hay en agosto allí porque encima ya sabéis que yo lo llevo peor que los demás y MADRE MÍA era un no parar de sudar hasta que llegamos a Hunan que hacía menos calor, y ¡qué maravilla Hunan! entre otros fuimos a las montañas donde se grabó una parte de Avatar y es lo más impresionante que he visto en mi vida, o sea 100% recomendado si alguno tiene la oportunidad de ir, de verdad que no parece real de lo bonito que es...

COSAS RANDOM ☺

↳ Me caso con todos los hoteles en los que hemos estado, los que los visteis por Instagram Stories lo sabréis ☺

↳ Un día que hubo tormenta cayó un rayo en un pararrayos muy cerca nuestro y OUH MAI GOD qué susto me llevé, ¡sonó como una bomba!

↳ Es impresionante la diferencia cultural que puede haber entre países

↳ Lo petábamos cada vez que íbamos a un bar con música bailando en medio de la pista xD

No se ve muy bien pero os hacéis a la idea

→ En uno de los aeropuertos me hicieron sacar una foto los de seguridad para comprobar que era una cámara de verdad y que no llevaba cosas chungas dentro xD

→ Aquí tenemos al intrépido Izhan preparado para el vuelo y en plan fak de polis Paula déjame en paz ö

Y viendo el de seguridad que la foto salía bien ¡me dejó pasar! Jajaja nunca me había pasado, en general en china son muy estrictos con la seguridad.

Y bueno ahora que estoy en Madrid de nuevo solo espero no perder el contacto con este grupazo que nos ha tocado aunque veo difícil coincidir todos por nuestros horarios / proyectos / viajes... ¡Pero si se quiere, se puede!

POR ÚLTIMO...

VIVAN LOS CROPTOPBOYS

YYYYYY

¡VIVAN LOS SALSEOS!

JEJEJEJEJE

Aquí se puede observar el brazo extralargo de la GEO

#GRUPAZOSEXY

ASÍ SIEEE

Este puente era demasiado PRECIOSO

#spainchinaproject
#lovechina
#paulabaenamiamiga

Izhan parece que no ha dormido en días

JAJA ¡estábamos agotados de las mil horas de bus que hacíamos todos los dias!

永泰
据
维
RISK

82
AKE TH
RIS
I'M LI
ED

13-18 de AGOSTO
2017

¡¡¡VAIS A FLIPAR IN DA FAKIN COLORS!!!

O sea, no os lo vais a creer XD ACABO DE VER A JAY ALVARREZ. En serio, esto es demasiado, para mi body. Acabo de colgar el teléfono con Gio (contándole todo, of course) y no podía pronunciar palabra, de lo fakin surrealista que ha sido XD

Llevo unos días de vacaciones con mi familia en Ibiza y ¡no puede acabar de mejor manera este viaje!

Pasar unos días con mis padres en agosto es sagrado para mí y lo disfruto a más no poder, aunque me gustaría que mi hermano se apuntara también alguna vez (si lees esto en serio basta ya de tanto surf y viajes con tus amigos y VENTE CON NOSOTROS) jeje.

Mis padres son lo mejor del mundo y ahora que no vivo con ellos disfruto muchísimo más estos días en familia ü (y con Golfito, mi perro)

Bueno retomando el tema de Jay mi marido, sigo con mini infartos, ¡claramente el destino quiere unirnos!

No pudo ser en L.A. pero sí en Ibiza ¡jaja! El caso es que yo estaba tan tranquila comiendo en Formentera y de repente recibí un montón de mensajes vuestros por Instagram diciendo que estaba Jay en Ibiza y yo claro AJHDGDHAJSHDA y de esto que cogimos un barquito y cuando fondeamos en una cala de Formentera de esto que veo pasar en una lancha a un montón de chavales jóvenes que iban de un restaurante al yate que estaba al lado nuestro y AHSGDHAJAH ¡ERA JAY! Imaginad mi cara de WATDEFAKNOMELOCREO.

Pero justo fue subirse al barco e irse PERO LE VIIIII SOY FELIZ JAJAJAJA.

#JAYAULA

#JAYAULAFOREVAH

21-29 de AGOSTO
2017

PORTUGAL

Este es el último viaje del verano... Y de este librillo. Hace unos años estuve en Portugal y me flipó. Fui a Oporto a ver a mi primo, estaba haciendo allí un año de Erasmus, con mi familia. Y la verdad es que me sorprendió mucho la belleza de esa ciudad. Esta vez ha sido diferente. Hemos ido a Peniche, una ciudad surferilla al norte de Lisboa, 1 hora en coche más o menos. Al llegar allí el padre del dueño del Airbnb nos recibió y nos invitó a un café. Una persona súper agradable y humilde. Estuvimos con él de charla (aunque entendimos la mitad de lo que decía jaja) y ya subimos a la casa. Nada más entrar sentí un buen rollo que flipas. Era una casa vieja medio reformada y muchos de los muebles los había hecho el señor que nos recibió.

La verdad es que ha sido un viaje de descanso y desconexión. Hemos

ido: Pau, Zeta, Ana, Antón y yo. Bueno y Francis y Golfo, los perritos, que se han llevado genial :) Hemos aprovechado para hacer un montón de fotos sexys y para ver... JUEGO DE TRONOS ♛ (abriré un paréntesis aquí para expresar mi tristeza al saber que ya no habrá más capítulos hasta dentro de dos años) → me suisido D:
Mola porque Antón y Ana se han implicado mucho en la fotografía y han estado aprendiendo y mejorando un montón estos días.
Aunque el grupo me ha ENCANTADO me ha faltado un poco Izhan que esta vez no ha podido venir...
Hemos hecho varias excursiones, (a Nazaré, a Lisboa, a la fortaleza de Peniche, a las islas Berlengas...) ¡y las islas Berlengas han sido mi top sin duda! Plena naturaleza, pocos habitantes, cuevas, agua cristalina... El año que viene quiero acampar ahí, estoy convenciendo a Pau JEJEJE. En serio es que era un lugar mágico. Tenía una fortaleza que parecía de Juego de Tronos y Paula de espaldas con su pelo parecía Daenerys
Jo, ha sido tan guay... Que me da mucha pena que se haya acabado. Éramos como una pequeña familia ♡ comiendo arepas (ese día casi morimos después en el sofá pero QUÉ BUENAS ESTABAN J*DER ahora quiero).
Un viaje precioso y tranquilo para finalizar este verano lleno de aventuras.

P.D.: Ana y yo TOPE motivadas fuimos un día a dar clases de surf y madre mía esas olas tenían una fuerza que fac de polis. Después de eso no pude mover los brazos con normalidad durante 4 días de las agujetas que tenía

東京

FIELD
DAY

BEACON
BMOU 510118 7
45G1
3.860 KGS

be water
my friend

PORTUGAL
SQUAD

+ paulabaenam

Hicimos una tabla con puntos
y cada vez que alguien hacía
algo bien o mal PUNTO
(positivo o negativo)
JEJE

siestas con Francis ♡

perdió
Antón

Lo mejor de la
foto el
extintor

PENICHE TEAM!

Nosotras no buscamos viajes por zonas sino por casas. Sí, por casas xD

Teníamos claro que queríamos ir a Portugal con parte de la squad pero nos daba más o menos igual la zona así que cogimos la casa más bonita que encontramos y ¡a la aventura!

Buah, ojalá poder enseñaros por aquí un vídeo de la casa porque era demasiado guay con un rollo suuuuuuper surfero y con mensajes positivos por todas las habitaciones.

Lo más de lo más era que en el cuarto que me autoadjudiqué ¡había sillas colgadas en las paredes!

Y cómo no, tenía que hacer la gracia Antón de cogerme para intentar subirme a una de ellas PERO NO LO CONSIGUIÓ JEJE.

Paula 1, Antón 0.

:D

PACKERS

A todo esto el pueblo al que fuimos (Peniche) que yo ni había mirado nada sobre él ¡era precioso! Vamos que tuvimos mucha suerte jajaja porque podría haber sido un sitio espantoso.

El viaje se podría resumir en:

↳ Descansar

↳ Comer → AMO A GIO CON TODO MI CORAZÓN nos hizo la comida y la cena tooooodos los días y por dios mi sueño en serio ¡quiero a #ChefBravar todos los días de mi vida!

↳ Hacer fotos

↳ Paseos

↳ Ver series → Me han obligado a ver Juego de Tronos porque debía ser la única persona en el planeta que no la seguía y bueno voy por el capítulo 4 de la pimera temporada ☺ → CERO SPOILERS PLEASE

Me ha dado mucha pena dejar la casa y volver a Madrid pero bueno el próximo verano repetimos ¡SÍ O SÍ!

Amor infinito hacia esta casa en serio, en todas las habitaciones habría este tipo de dibujos en las paredes. :D

Ahí dormía PAULA BAENA (mi amiga)

mi amiga @popibrown HIPER sexy ♡

Amo y odio a Paula al mismo tiempo por hacer esta foto :D

JAJAJAJA lo que hay detrás de las fotos XD Parece que estén haciendo caca JAJAJAJAJA.

CUT
BUT
PSYCHO

EWCOAST08/52
MMXVI

Y hasta aquí el libro de hoy. ¡MEGALAIK si te ha gustad... QUE NOOOO! 12 de septiembre de 2017 y estamos preparando las últimas entregas para que Rudy (el maquetador) no nos mate 😃

Llevamos varios días ya durmiendo poco porque los nervios son más reales que nuestro colegio y a medida que se acerca la fecha de publicación van aumentando. ¡Estamos deseando tenerlo en físico para poder leerlo juntas!

Va a ser un ejercicio de auto-análisis brutal, madre mía es que vamos a ver cómo hemos ido cambiando en un año... Es genial ♡

Muchas gracias a todos los que han participado en este proyecto y a ti por leerlo :)

¡Esperamos que hayas disfrutado de nuestro fotodiario!

¡Nos vemos en redes, CREISI!

@paula.baena

@gio_bravar